Der Mensch fürchtet es. Taucht es auf, drohen Verzicht, Anstrengung, Enthaltsamkeit: das Ungeheuer von Well Ness. Nach ›Erna, der Baum nadelt!‹ und ›Es ist ein Has' entsprungen‹ widmen sich Robert Gernhardt, Bernd Eilert und Peter Knorr unserem Wohlergehen. Das berühmte Autorentrio stellt uns sieben Well-Täter vor, die ausgezogen sind, dem Menschen die Furcht vor dem Ungeheuer zu nehmen.

Die Autoren

Robert Gernhardt, geb. 1937 in Reval in Estland. Lebt in Frankfurt am Main.
Hält sich fit durch Passiv-Pedalling und anschließendes Roundum-Relaxing.
Motto: »Ich bike, ergo bin ich.«

Bernd Eilert, geb. 1949 in Oldenburg in Oldenburg. Lebt in Frankfurt am Main.
Hält sich im Sommer fit durch Mental-Jogging, im Winter natürlich durch Wintermental-Jogging.
Motto: »Ohne meinen Körper bin ich nüscht!«

Peter Knorr, geb. 1939 in Salzburg in Österreich. Lebt in Frankfurt am Main.
Hält sich für fit durch Auto-Suggestion. Bevorzugte Marke: Volvo.
Motto: »Gib Gas, ich will Spaß!«

Unsere Adresse im Internet: www.fischerverlage.de

Robert Gernhardt,
Bernd Eilert & Peter Knorr

Das Ungeheuer von Well Ness

Die 7 Säulen des Wohlseins

Mit wohlgefälligen Illustrationen
von
Robert Gernhardt

Fischer Taschenbuch Verlag

Veröffentlicht im Fischer Taschenbuch Verlag,
einem Unternehmen der S. Fischer Verlag GmbH
Frankfurt am Main, Oktober 2005

© S. Fischer Verlag 2005
Dieses Werk wurde vermittelt durch die Literarische Agentur
Thomas Schlück GmbH, 30827 Garbsen
Gesamtherstellung: Clausen & Bosse, Leck
Printed in Germany
ISBN 3-596-16783-3

Das Ungeheuer von Well Ness

Das Ungeheuer von Well Ness

Als eines der ältesten und scheuesten Ungeheuer der Welt
gilt das Ungeheuer von Loch Ness. Weit weniger scheu,
dafür ganz neu und ungeheuer wohltätig, ist dagegen das
erst kürzlich aufgetauchte Ungeheuer von Well Ness.
In seinen Diensten stehen bedeutende Helfer.
Jene Männer und Frauen nämlich, die uns so segensreich
dabei helfen, uns wohl zu fühlen:
Die 7 großen Well-Täter der Menschheit.

Helfer Nr. 1:
Der Pfarrer

Alles körperliche Wohlbefinden gründet sich auf seelische Gesundheit. Um diese sorgt sich der Seelsorger. Ein geistlicher Herr, der sich mit Trost, Rat und Gebet um unser Heil bemüht und noch die INSELN der Einsamsten zu erreichen vermag. Und er tut dies IN SELbstloser Weise, IN SELtener Wohltätigkeit IN SELbiger Predigt:

Der Inselpfarrer

Liebe Inselgemeinde,
die Ihr Euch hier im Beate USEDOM versammelt habt, im Namen des HALLIGEN Geistes: Wir wollen heute drei Lieder miteinander singen, denn ALEUTEN Dinge sind drei ...

Das erste Lied kennen wir: BALEAREN wieder kommt MONTE CHRISTOS Kind.

Sodann singen wir folgende CEYLON: BRITANNIENbaum, BRITANNIENbaum wie GRÖNLAND deine Blätter ... Und als drittes stimmen wir den schönen Choral an: Das kann doch einen FEHMARN nicht erschüttern.

Doch bevor es weiter geht im TEXEL, möchte ich Euch erzählen, was mir auf Eurer Insel zugestoßen ist. Als ich erwachte, war da ein gewaltiger Lärm: Ist es der Wind, der wieder MALLORCAnstärke erreicht hat? Fragte ich mich. Spielt da etwa jemand auf der KUBA? Oder KRETA schon irgendwo ein Hahn? Oder wiehert da vielleicht ein IBIZAner? O nein: Es war SANKT HELENA, eine meiner alten Sixtanten, die mich mit den Worten: »Hochwürden SYLT wohl TAIWANsinnig geworden, alter StubenHOKKAIDO, raus aus dem BELT! Aber ein bisschen BALI-BALI!« von meiner SUMATRAtze scheuchte.

Mir war seehundeelend: Ich durchwühlte meine KOMODO. Leider fand ich kein Alka Seltzer. Aber gegenüber in der DJER-BAR gab es wenigstens ein ALKATRAZ, wahlweise mit einer Tasse TEE-NE-RIFFA oder einem Kännchen MACAO. Und dazu ein hartgekochtes NORDERNEY ohne Salz. Das ganze für NEU-GUINEA fünfzig! Das war schon starker TOBAGO! Ich rief die Frau Wirtin: »Aber TRINI-DAD sind ja umgerechnet mehr als 1000 TERSCHELLING! TAS MANIEN Sie doch nicht im Ernst! Das bringt mich aber auf LA PALMA!« beschwerte ich mich, doch sie sagte ungerührt: »SANSI-BAR oder mit Scheck?«

Ich machte mich auf den Weg zum Beate USE-DOM. Da war ein Flirren und Sirren in der Morgenluft von Millionen MYKONOS. PHILI-PINEN summten und brummten von Blüte zu Blüte. Alles hätte so lustig sein können, wären da nicht meine lästigen HEBRIDEN gewesen, die wieder einmal juckten und brannten wie FEUERLAND.

JUIST in diesem Moment sah ich ein Kind, das noch keine sieben JA-WA. Es BORK-UM die Ecke und trat mir voll auf den Fuß, genau auf mein SPIE-KEROOG.

»Verflucht«, schimpfte ich, »der unterste war MAIN-AU!«

»Weiß ich ELBA!«, rief das Kind und steckte den Finger in die Nase.

Ich sagte zu seinem Vater: »Ihr Kind ist schlecht AZOREN, guter Mann, sonst würde es nicht in aller Öffentlichkeit IN-DO-NESIEN BORNEO!«

Er aber erwiderte frech: »Sie CAYENNEN mich mal, Sie ZYPRIOT!«

»Auch Ihre Zeit ist BALT-RUM«, FEHMARNte ich ihn, »und wenn Sie dereinst an der Himmelspforte SEYCHELLEN, wird der Eiland Sie vielleicht mit den Worten abweisen: Sie CAYENNEN mich mal, Sie PELLWORM!«

Da zog er eine Waffe und sprach: »LOFOTEN hoch! Ich CELE-BES drei!«

»SRI LANKAariger Affe!«, schrie ich ihn an: »Wissen Sie denn nicht, auf wen SI-ZILIEN!?«

Da entriß er mir meinen neuen LederKORFU und flüchtete in vollem GALAPAGOS.

Schließlich kam ich an einem Haus vorbei und sah darinnen eine Frau sich die Haare FÜNEN bei offenen SARDINIEN. Sie war splitterNAXOS und trug noch nicht einmal einen BIKINI. »A-TOLL!«, entfuhr es mir.

Doch ein anderer Mann linste bereits lüstern zum Fenster hinein. »Hinten ANTILLEN!«, sagte er frech.

Aber ich sprach: »Wir sind hier nicht auf Sodom und GOMERA, Lustmolch! Schämst du dich nicht, solch LANGE-OOGen zu machen?«

»Aber da ist doch nichts HAWAI«, erwiderte er,

»ich bin Künstler und MALE-DIVEN.«– »Du malst Diven?« – »Ja, und ich erfreue mich am majestätischen Anblick ihrer schönen FORMENTERA.« –

»BAHAMAS doch! Jetzt HA-I-TI durchschaut!«, tobte ich, denn ich glaubte ihm kein Wort: »RÜGEN haben kurze Beine! Was ragt denn da aus deinen HELGOLENDEN?«

»Ach«, sprach er, »das ist doch nur mein kleiner BORNHOLM.«

»Mir sieht das aber mehr aus wie eine ausgefahrene LANZAROTE! Und warum siehst du plötzlich so RHOD-OS? Gestehe, rief ich: Dich erregt der Anblick ihrer unbedeckten SPITZBERGEN und ihrer rasierten FORMOSA!«

Und wahrlich, ich sage euch: Der liebe Gott sieht alles, denn er hat eine GUADE-LOUPE! In Ewigkeit, AMRUM.

Helfer Nr. 2:
Der Arzt

Seinen heilenden Händen ist unser körperliches Wohl anvertraut. Sein Wissen und seine Qualifikation geben uns die beruhigende Gewißheit lebenslänglicher Wellness. Ein strenges Ausleseverfahren sorgt dafür, daß nur die Besten diesen Beruf ausüben dürfen.

Das medizinische Examen

Professor Herr Braun – Sie hatten sich bei mir zum medizinischen Examen angemeldet, nicht wahr?

Student Das hatt' ich, Herr Professor, hatt' ich,
Denn einmal muß der Mensch sein Wissen,
das er in Jahr und Tag gesammelt …

Professor Na gut. Ja – dann schau'n Sie sich doch bitte einmal unseren Patienten hier an. So viel will ich schon verraten: Herr Wedel hat einen Armbruch. Sie sollen mir sagen, ob es eine einfache oder eine komplizierte Fraktur ist. Na – stellen Sie mal die Diagnose!

Student Die stell' ich gern, mein guter Herr
Und wend' am besten mich wohl an den Kranken,
Ihn fragend, wie es denn geschah,
Daß ihm dies schaurig Unglück widerfuhr …

Professor Herr Braun! Die Diagnose!

Student Die Diagnose! Gleich! Sofort! Sprecht, kranker Mann, sprecht zu und sagt,

Sagt mir es frei heraus und ohne Umschweif:
Wie brach der Arm Euch? Wie geschah's?

PATIENT Wie der Arm gebrochen ist? Ich bin die Treppe runtergefallen!

STUDENT Auf einer Treppe mörderischer Stiege –
Da fielt Ihr? Gräßlich, gräßlich!
Doch warum tratet Ihr auf jene Stiege?

PATIENT Na, mußt ich doch. Ich wollte Kohlen holen.

STUDENT Ihr wolltet Kohlen holen – ja
Man holt es gerne, jenes schwarze Gold,
Das meist in dunklen Kellern lagert, wo
Es dann zur Winterszeit, in Kübel umgefüllt
Den Weg zur Wohnung antritt, die
Von Öfen mild erwärmt, vergessen macht,
Daß draußen Frost und grimme Winde herr-
schen ...

PROFESSOR Herr Braun! Hören Sie mal – handelt es sich um eine einfache oder eine komplizierte Fraktur? Na?

STUDENT Fragt nur, fragt nur! Das ist sehr wohlgetan:
Denn Antwort winkt nur dem, der fragt!

Drum frag auch ich, frag hier den Kranken:
Ihr holtet Kohlen, guter Mann –
Und was war weiter, was war dann?

PATIENT Na, da bin ich halt gefallen und hab mir den Arm gebrochen.

STUDENT Gefallen und den Arm gebrochen – schaut,
Wie schnell des Schicksals blinde Faust
Den Strich uns durch die Rechnung macht!
Uns, die wir ja nur Menschen sind!
Verletzlich! Schutzlos ausgeliefert
Dem, was die Römer Fatum nannten.
Dem, was der gelbgesichtige Chines'
Mit einem andern Wort umschreibt
Das doch das gleiche meint …

PROFESSOR Herr Kandidat! Handelt es sich hier um einen einfachen oder um einen komplizierten Bruch?!
Ja oder nein?

STUDENT Ja oder nein – welch große Frage!
Vor ihr stand Wallenstein dereinst,
Als er im Lager schwanger ging mit Plänen,
Den Kaiser zu ermorden – hört! Den Kaiser!
Den eig'nen Kaiser! Menschlich Blut!
Denn auch ein Kaiser ist ein Mensch nur!

Ein Mensch, den freilich freundliches
Geschick …

PROFESSOR Herr Braun! Zum letzten Mal! Stellen Sie die Diagnose! Was liegt hier vor?!

STUDENT Was liegt hier vor?
Hier liegt ein Mensch!
Ein Mensch, den auf der ganzen Welt
Vielleicht kein and'res menschlich Wesen liebt!
Oder steht's anders? Sagt: Habt Ihr Familie?

PATIENT Na ja … eine Frau … drei Kinder …

STUDENT Dann hat's das Schicksal gut mit Euch gemeint!
Denn besser ist's im Bett umsorgt zu liegen,
Als auf der kalten Straß' allein,
mit einem kranken Arm noch
Sich dahinzuschleppen …

PROFESSOR Herr Braun! Langsam frage ich mich, was Sie hier eigentlich wollen! Haben Sie überhaupt Medizin studiert?

STUDENT Ich? Medizin? Ei freilich tat ich das!
Wohl manche Stund' saß ich vor jenem Buch,
Das rätselhaft und dunkel mir stets blieb,

Dem Buch, darin so lange Worte
Wie Rheumatismus, ja – Gastritis gar
Zu finden sind. Seltsam Getön,
das wohl kein's Menschen Ohr
Vor meinem je vernahm ...

PROFESSOR Zum allerletzten Mal! Herr Braun! Äußern Sie sich endlich zur Krankheit des Patienten!

STUDENT Oh Krankheit – schaurig Wort!
Steckt in ihm nicht all das,
Was wir allzu gern vergessen?
Und das doch ständig uns daran gemahnt,
Daß wir nur Gäste hier auf Erden sind?
Denn einmal,
Da packt sie uns, rafft uns dahin,
Den Bauersmann wie den Professor – hört:
Dann hat's ein Ende mit dem Fragen
Nach Krankheit, Krankheit, Krankheit ...

PROFESSOR Herr Kandidat, Sie werden sich mit diesen Fragen auch nicht länger beschäftigen müssen...

STUDENT Nicht länger? Trefflich Wort!

PROFESSOR Sie sind nämlich durchgefallen.

Student Oh! Durchgefallen!
  Schreckliches Schicksal!
  Wie konnte das gescheh'n, ihr Himmelsmächte?
  Wie sage ich's dem Vater, wie der Mutter,
  Der tauben, die so manches lange Jahr
  Mein Studium vom Mund sich abgespart,
  Mein Gott wie …

Professor Raus!!!

Helfer Nr. 3:
Die Bauern

Sie sorgen für unser geistiges Wohl. Jawohl! Denn nur ihrer Arbeit und Fürsorge ist es zu danken, daß die Früchte des Feldes wachsen und reifen, um uns jenes hochgeistige Wohlbefinden zu schenken, ohne das wahre Wellness wohl wertlos wäre. Einmal im Jahr, nach glücklich eingebrachter Ernte, dürfen die Bauern die Hände in den Schoß legen und sich für ihre Wohltaten feiern lassen.

Erntedankspiel

PFARRER Liebe Gemeindemitglieder, nun soll also unsere kleine Erntedankfeier hier, im so festlich geschmückten Gemeindesaal ihren Höhepunkt erreichen. In meinem Auftrag hat Herr Matussek, den wir alle als Dichter kennen, ein kleines Festspiel geschrieben, in dem die Früchte des Feldes uns Menschen jetzt daran erinnern werden, wieviel Grund wir doch haben, gerade an einem Tag wie heute still und d a n k b a r zu sein. Doch genug der langen Worte, die Spielschar von St. Ingbert hat sich bereits auf der Bühne versammelt, bitte, Herr Matussek!

MATUSSEK Danke, Herr Pfarrer! Bitte mit der Musik beginnen. Musik!

(Eine Orgel setzt ein.)

PFLAUME *(tritt vor)*
Der Herr hat mich in seiner Macht
Von Kopf bis Fuß ganz blau gemacht.
Als Zwetschge bin ich wohl bekannt:
Aus mir wird feinster Schnaps gebrannt

Sag' an, Gevatter Bauer –
Macht Dich ein anderer blauer?

KORN Da brauche ich, der Weizen
Nicht mit der Antwort geizen!
Denn meines Schöpfers Hände,
Die schenkten mir Prozente!
Wer damit seinen Durst gestillt,
Der ist für immer abgefüllt!

HOPFEN Herr Korn, Ihr macht mich lachen!
Da gibt's doch bess're Sachen!
Den großen Durst zu stopfen
Erschuf der Herr den Hopfen ...

MALZ Doch nicht nur Dich,
Auch mich, das Malz!

HOPFEN Ist gut, auch Dich, na, jedenfalls ...

BIRNE Ich biete Euch die Stirne!
Der Herr schuf auch die Birne.
Und was ein guter Trinker ist,
Preist uns'ren Herrn, Herrn Wiliams Christ!

UNDERBERG Und mich. Ich bin zwar nur ein Zwerg
Mit Namen Gotthelf Underberg ...
(Im Gemeindesaal macht sich Unruhe breit.)

ALLE Du bist ganz still! Jetzt reden wir!

SCHNÄPSE Vom klaren Schnaps.

GERSTE / MALZ / HOPFEN Vom guten Bier.

WEIN Halt, ordinäres Lumpenpack!
 Euch steck ich alle in den Sack!
 Des Schöpfers wunderbare Kraft
 Schuf mich, den edlen Rebensaft!
 Der all das bringt, was jener braucht,
 Der sich mit Vehemenz beschlaucht ...

ENZIAN So, Schwätzer, jetzt bin ich mal dran!
 Der kleine blaue Enzian!
 Mich läßt der Herrgott sprießen
 Um Nasen zu begießen ...

 (Große Unruhe)

PFARRER Ja, ist denn das die Möglichkeit? Schluß da oben!

KÜMMEL So seid doch still, ihr Lümmel!
 Und hört auf mich, den Kümmel.

PFARRER Ruhe, zum Donnerwetter! Ruhe! Herr Matussek, ich befehle, daß
 die Veranstaltung sofort ...

KARTOFFEL *(brüllt ihn nieder)*
Ach, hört nicht auf den Stoffel!
Preist lieber die Kartoffel!

PFARRER Herr Matussek! Beenden Sie dieses unwürdige Treiben!

MATUSSEK *(deutlich betrunken)*
Aber Herr Pfarrer! Sie werden die Früchte des Feldes doch wohl noch ausreden lassen! Macht weiter, Freunde, macht weiter! Wer war der Nächste?

RAPS Ich hab's, der Raps:
Das ist ein Schnaps!

PFARRER Aufhören! Die Bühne wird geräumt!

HOLUNDER Des Schöpfers größtes Wunder
bleibt nun mal der Holunder!

(In den Lärm schreiend)

Ich füll Euch ja so was von ab! Ich mache Euch so blau, so sturzbesoffen, ihr kommt ja nie wieder hoch, ich mach Euch den Kanal so was von voll...

Pfarrer Ruhe! Ruhe!

Matussek Ach was! Ein dreifach Hoch den Früchten des Feldes! Prost auch!

Helfer Nr. 4:
Der Lifestylist

Sein ästhetisches Einfühlungsvermögen und sein Stilbewußtsein sind der Schatz, aus dem er seine goldenen Ratschläge verteilt. Wie sehr doch eine den individuellen Wünschen entsprechend gestaltete Umgebung das Lebensgefühl zu steigern vermag!

Schlimmer wohnen

Zur Eröffnung der vierten internationalen Möbelmesse INTERSCHROTT spricht zu Ihnen der Chefredakteur der Zeitschrift SCHLIMMER WOHNEN Ingo Igittigitt:

Meine Damen und Herren, werte Kollegen, liebe Freunde. Was bringt die neue Einrichtungssaison? Zunächst einmal: Mut zur Farbe! Der Trend zu schreienden Farben ist out – brüllende Farben sind in!

Das gilt für die ganze Wohnung: Es beginnt im Flur. Dort beißt sich die Tapete in *Leukoplastrosa* mit dem Läufer in *Leberwurstgräulich*, einer Modefarbe, die dieses Frühjahr bewußt ins leicht *Angeschimmelte* spielt.

Dazu passend trägt die Hausfrau ein neues Negligé aus dem Hause WÄSCHE WIDERLICH, das im Katalog als *spinatfahl* bezeichnet wird – ich persönlich würde es schon wegen seiner Transparenz eher *kotzgrün* nennen.

Aber streiten wir uns nicht um Worte – betreten wir lieber das Wohnzimmer. Hier wird das Auge zunächst vom Fußboden beleidigt: *Schleimgelb* leuchtet die Auslegeware. Darauf eine Sesselgarnitur in *Hornhautumbra*, kombiniert mit einem Sofa in hellem *Blutwurstrot*, das bei Tageslicht betrachtet apart ins *Ohrschmalzige* changiert. Juckreizerregend auch die Kissen: bei der Auswahl kann der Kunde individuellen Geschmack beweisen, da ihm die ganze Palette zwischen *warzenviolett* und *pustelpink* zur Verfügung steht. Ganz Mutige wählen sie passend zum eigenen Zahnbelag.

Führend im Angebot immer noch die Düsseldorfer DRECKZEUG-PASSAGE, wo sich bei ELEKTRO EKEL auch dem widerstandsfähigsten Lampenkäufer der Magen umdreht.

Und sagen Sie nun bitte nicht, daß nur eine exklusive Minderheit sich einen so ausgeprägt schlechten Geschmack leisten könne – o nein! Ich sprach neulich mit einer ganz einfachen Angeberfamilie: »Müßt ihr euch in diesem brechreizerregenden Ambiente nicht mindestens dreimal am Tag übergeben?« fragte ich. Und die Antwort kam wie aus einem Munde: »Ach nein, wir sind eigentlich andauernd am Reihern...«

Und ich muß Ihnen ein Geständnis machen, meine Damen und Herren: Im Badezimmer wurde selbst mir schlecht – ein Traum in *popelgrün*!

Ich meine, wir sind mit der INTERSCHROTT auf dem richtigen Weg. Und der Erfolg gibt uns recht! Wohin wir auch sehen: Zufriedene Arschgesichter, die sich in ihren sauteuer eingerichteten Wohnungen herrlich unwohl fühlen!

Ich danke Ihnen.

Helfer Nr. 5:
Die Ernährungswissenschaftlerin

Sie sagt uns, wie man sich ernährt. Ohne sie ist ein Leben
nicht denkbar. Ohne sie wüßten wir nicht, in welche
Körperöffnung die Nahrung eingeschoben und die
Flüssigkeit eingetrichtert werden muß, geschweige denn,
was wir verzehren sollen. Mit ihr aber ist ein Leben vor
dem Tod – und noch dazu ein gesundes – möglich.

Kalorien

Wir befinden uns im Wohnzimmer von Hermann Mollewitsch. Er hat eben einen wirklich guten Freund vom Kiosk um die Ecke mit nach Hause gebracht. Auch seine Gattin Konstanze ist anwesend.

PETER Hör mal, Du hast es ja richtig gemütlich bei Dir zu Hause.

HERMANN Ja, es geht so.

PETER Bis auf die Luft. Eher trocken, würde ich sagen. Fast schon staubig.

HERMANN *(lacht)* Ach so! – Konstanze?! Hast Du grade was von Bierholen gesagt?

KONSTANZE Ich? – Nee.

HERMANN Ich meine, ich hätte was gehört.

KONSTANZE Bierholen? Ich?

HERMANN Da! Schon wieder!

KONSTANZE Ach laßt doch die Biertrinkerei. Das macht doch nur dick.

HERMANN Dick? Wieso denn das?

KONSTANZE Na, weil's fett macht. Das weiß doch jeder.

PETER Moment mal! – Fett macht fett, das sagt ja schon der Name. Bier sagt gar nix.

HERMANN Und guck Dir doch mal die ganz dicken Tiere an. Der Walfisch zum Beispiel. Das ist so ein Kawenzmann und hat sein Leben lang keinen einzigen Tropfen Bier getrunken.

KONSTANZE Wenn er getrunken hätte, wäre er noch fetter! Das ist wegen der Kalorien. Die sind nicht gut.

PETER Für Walfische vielleicht. Aber das sind wir ja nicht. Oder bist Du ein Walfisch, Hermann?

HERMANN Nicht, daß ich was bemerkt hätte.

PETER Na also.

KONSTANZE In jedem Bier sind Kalorien drin.

PETER Man soll nicht schlecht über Sachen reden, die gar nicht anwesend sind.

HERMANN Also Konstanze, bring Beweise auf den Tisch. Und zwar am besten in Form von Flaschen. Dann werden wir ja sehen, wo deine Kalorien sind.

KONSTANZE Kalorien kann man nicht sehen. Und trotzdem machen sie dick.

HERMANN Und wieso?

KONSTANZE Weil sie im Körper nicht verbrennen. Deswegen.

PETER Das wäre ja auch noch schöner. Mit der ganzen Flüssigkeit drum rum können sie ja gar nicht brennen.

HERMANN Was ein Glück! Wenn man jedesmal die Feuerwehr holen müßte beim Biertrinken, weil die Kalorien brennen – wo kämen wir denn da hin.

PETER Apropos holen ...

HERMANN Ja, Konstanze, wie denn? Bißchen Bewegung wär doch ganz gut für Dich. Von wegen der schlanken Linie.

Konstanze Komm, komm. Nicht frech werden, Hermann! Du bist noch ein ganzes Stück fetter.

Hermann Ach, red' doch nicht von meinem Vetter. Der trinkt ja überhaupt kein Bier..

Konstanze Ach, ausgerechnet!

Hermann ... überhaupt kein Bier ohne einen Schnaps dazu. Davon haben wir ja noch gar nicht mal gesprochen.

Peter Bis eben. Jetzt ist das natürlich eine neue Situation.

Konstanze Das mit den Kalorien ist eine Beleidigung. Ich meine, daß Ihr mir das nicht glaubt.

Peter Na ja, nicht zum Sehen, nicht zum Brennen, nicht zum Trinken, das ist ja ...

Hermann ... nicht zum Aushalten! – Also gut. Ich will's wissen. Wo ist das Lexikon?

Konstanze Komm, ich hol's.

Hermann Nein, nein, ich hol's. Hol Du Bier.

KONSTANZE Erst will ich wissen, was die schreiben.

HERMANN Hier. – Kalender ... Kalmücken – das ist auch interessant. Russisches Steppenvolk. Ich hab immer gedacht, das wären so Stechinsekten.

PETER Kannste mal sehn, was die für'n Scheiß schreiben.

HERMANN Hier! Kalorie!
(liest vor)
»Kcal. Wärmemenge, die nötig ist, um die Temperatur von ein Gramm Wasser von 14,5 auf 15,5 Grad Celsius zu erhöhen.«
Was ein Blödsinn. Hat doch kein Mensch gesagt, daß du warmes Bier holen sollst.
Und erwärmen schon mal gar nicht. Ich bin doch kein Tauchsieder.

PETER Also, wer macht denn so was? Ein Gramm erwärmen. So kleine Töpfe gibt's doch gar nicht.

HERMANN Außerdem schreiben die nicht von Bier, sondern von Wasser. Also das schwöre ich feierlich, daß ich nie in meinem Leben ein von 14,5 auf 15,5 Grad erwärmtes Gramm Wasser trinken werde.

Peter Weil das ja so dick machen soll. Obwohl davon ja noch nicht mal was geschrieben steht. Dick macht da gar nix.

Hermann Aber bitte Konstanze, wenn du darauf bestehst: ab heute nie wieder warmes Wasser! Das versprech ich Dir. Und wenn Du jetzt vielleicht mal ...

Konstanze Bin schon unterwegs..

Hermann Siehste Peter, mit der Konstanze kann man nämlich reden. Da darfste nur nix kommandieren. Alles eine Frage von Argumenten.
(laut)
Und vergiß den Doppelkorn nicht!

Helfer Nr. 6:
Der Hirnforscher

Er kennt das Innere unseres Kopfes, aus dem Wohlsein
und Unwohlsein, Freude und Ärger entspringen.
Sein Wissen um die Zusammenhänge vermag uns auf jene
Stufe der Selbsterkenntnis zu heben, von der wir nie
wieder runter wollen.

Das Wunder des Ärgerns

Wir befinden uns im Körper von Herrn Fenner. Herr Fenner sitzt in einer Kneipe. Die Leber arbeitet gut. Die anderen Organe räkeln sich in der Gegend herum. Da plötzlich meldet sich das Ohr!

Ohr an Großhirn, Ohr an Großhirn! Habe soeben das Wort »Saufkopf!« entgegennehmen müssen!

Großhirn an Ohr! Von wem?

Ohr an Großhirn! Keine Ahnung. Auge fragen.

Großhirn an Auge! Wer hat da eben »Saufkopf!« gesagt?

Auge an Großhirn! Der Typ, der uns gegenüber steht! 1.95 m groß, breite Schultern und Schlägervisage.

Großhirn an alle! Achtung! Fertigmachen zum Ärgern!

Großhirn an Drüsen! Adrenalinausstoß vorbereiten!

Milz an Großhirn! Milz an Großhirn! Was ist denn da los bei Euch? Ich krieg ja überhaupt nichts mit!

Großhirn an Milz! Brauchst auch nichts mitzukriegen. Halt Dich da raus aus dem Funkverkehr.
Großhirn an Blutdruck! Steigen!

Blutdruck an Großhirn, Blutdruck an Großhirn!
In Ordnung, gestiegen!

Leber an Großhirn, Leber an Großhirn! Wo bleibt denn der Alkohol? Ich krieg ja überhaupt nichts zu tun hier!

Großhirn an Faust! Ballen!

Milz an Großhirn! Soll ich mich auch ballen?

Großhirn an Milz! Schnauze! Großhirn an Faust! Ausfahren!

Nerven an Großhirn, Nerven an Großhirn!
Wir zittern!

Milz an Großhirn! Ich zittere auch.

Großhirn an Milz! Du sollst Dich da raushalten!

Milz an Auge! Milz an Auge! Ich sehe was, was Du nicht siehst!

Auge an Milz! Das glaubst Du doch selber nicht, Du blinde Nuß!

Leber an Großhirn! Wo bleibt denn der Nachschub?

Großhirn an alle! Ruhe zum Donnerwetter!, wie soll man sich da vernünftig ärgern, ihr Dummbeutel! Das geht doch alles durcheinander! Alles hört auf mein Kommando! Ist das klar?

Milz an Großhirn! Pustekuchen!

Großhirn an Milz! Noch so eine freche Bemerkung, und Du fliegst raus!

Großhirn an Faust! Ausfahren und zuschlagen!

Faust an Großhirn! Ich trau mich nicht!

Milz an Faust! Feigling, Feigling!

Großhirn an Milz! Schnauze! Selber Feigling!

Kleinhirn an Großhirn! Kleinhirn an Großhirn! Nun laßt doch mal die Aufregung, Ihr zieht doch sowieso den kürzeren!

Großhirn an Kleinhirn! Vielen Dank für den Tipp! Verstanden.

Großhirn an alle! Ärger langsam eindämmen. Adrenalinzufuhr stoppen und Blutdruck langsam senken. Achtung, fertigmachen zum Händeschütteln und Schulterklopfen!

Großhirn an Zunge! Großhirn an Zunge! Bier bestellen! Zwei Stück. Eins für den Herrn gegenüber und eins für die Leber.

Zunge an Ober! Zunge an Ober! »Herr Ober, bring'se doch bitte mal zwei Bier!«

Helfer Nr. 7:
Der Eheberater

Ehe er eine Ehe elend enden läßt, erhält er eher eine Ehe.
Ein edler Mann. Er greift uns unter die Arme beim Schritt
vom Wohlbefinden zum ewigen Glück.

Zu zweit ohne Streit
Ein Partnerschaftslehrgang

Immer wieder kommt es zwischen Ehepartnern zu Streit. Und immer wieder sind es die gleichen Anlässe: die allzu knappen Kinder und das allzu laute Haushaltsgeld. Schauen wir uns nur einmal Rudi und Gabi an. Rudi kommt gerade aus dem Büro nach Hause. Freudig begrüßt ihn seine Gattin Gabi:

»Rudi, Guck mal was ich anhab!«

»Ja, wo hast Du denn diese todschicken Klamotten her, Gabi?«

»Aus der sündhaft teuren Schnickschnack-Boutique.«

»Ja, hattest Du denn das Geld dafür, Gabi?«

»Ja, Rudi, denn ich habe unseren Sohn Hansel an durchreisende Schlawiner verkauft.«

Auf diese Mitteilung reagiert Rudi unbeherrscht und ärgerlich:

»Ach! – Ohne mich zu fragen, Gabi! Das finde ich aber gar nicht richtig von Dir! Zu einer wahren Partnerschaft gehören Aufrichtigkeit und Vertrauen. Ich aber fühle mich durch dein Verhalten hintergangen, auch wenn es sich um solch eine Kleinigkeit wie den Verkauf unseres Sohnes Hansel an durchreisende Schlawiner handelt. Zur Strafe gehe ich jetzt ohne Nachtisch ins Bett. Bäh!«

Dieser Streit hätte nicht sein müssen! Gabi hätte sich nur psychologisch und partnerschaftlich korrekt verhalten müssen. Drehen wir die Zeit noch einmal zurück. Es ist Nachmittag. Rudi sitzt im Büro, als das Telefon klingelt.

»Hallo Rudi! Ich bin's, Gabi! Du kennst doch den Hansel?«

»Ja, Gabi, unseren Sohn.«

»Und nun sind hier durchreisende Schlawiner, die Kinder kaufen.«

»Toll, Gabi! Das ist ja eine gute Gelegenheit, unseren Hansel loszuwerden. Gerade neulich las ich in der Zeitschrift »Rabeneltern«, daß durchreisende Schlawiner immer noch die höchsten Preise für Kinder zahlen!«

»Fein, Rudi, aber …«

»Ja, Gabi?«

»Da wäre noch ein Problem, Rudi …«

»… von dem ich sicher bin, daß wir es in partnerschaftlichem Geiste lösen werden, Gabi!«

»Ich möchte nämlich, daß Du von dem Geld nichts abbekommst und ich es statt dessen ganz schnell in der sündhaft teuren Schnickschnack-Boutique für völlig überflüssige, übertreuerte Klamotten verjuble.«

»Gar keine schlechte Idee, Gabi. Dann bleibt wenigstens nichts für mich übrig.«

»Bist ein Schatz, Rudi. Und vergiß nicht, im Büro zu essen. Ich hab mal wieder nichts für dich gekocht.«

»Au fein, Gabi! Darauf freue ich mich schon. Und was gibt's zum Nachtisch?«

»Keinen Pudding!«

»O ja! Für mich ohne Soße!«

»Tschüs, Rudi, ich muß los. Bussi, Bussi, äh ...Taxi, Taxi!«

Allen Paaren und Ehepaaren sei dringend geraten, sich Gabi und Rudi zum Vorbild zu nehmen. Mit dem folgenden Merkspruch wird ihnen dies um so leichter fallen:

Soll die Beziehung glücklich sein,
laß öfter mal Schlawiner rein!

Backblick und Auslook

Bevor das Ungeheuer von Well Ness triumphierte, war es das Ungeheuer von Fit Ness, das uns den Weg nach Happy Ness wies. Doch das Sporttreiben ist aus der Mode gekommen. Also muß die Mode dazu beitragen, den Sport wieder attraktiv zu machen. Es gibt erfolgversprechende Ansätze. Doch, die gibt's!

Pokalendspiel

Liebe Zuhörer, ich melde mich jetzt wieder aus dem gewaltigen Rund des Berliner Olympiastadions, in dem wie jedes Jahr das Pokalendspiel stattfindet und wo jetzt eine äußerst gespannte Stimmung herrscht. Jeden Augenblick müssen die beiden Mannschaften einlaufen und da laufen sie auch schon ein!

Die Favoriten ganz in Beige mit halblangen Hosen aus sehr flauschig verarbeitetem Kräuselkrepp, dazu Knautschlack-Applikationen und grob gemusterte Blazer. Doch ich muß mich berichtigen, die Rechtsaußen spielen auch in diesem Spiel ohne Hosen, dafür sind sie durch Chiffonschleifen kenntlich gemacht, ein sehr aparter Einfall, wie ja in dieser Saison, in dieser Sportsaison der Einfall Trumpf ist. Alles geht, alles ist erlaubt, wenn es nur kleidet, wenn es nur die sportliche Note unterstreicht.

Und da läuft nun auch die gegnerische Mannschaft ein! Ich sehe sehr viel Tüll, Tüll in allen Verarbeitungen, als Samt, als Chiffon, als Filz – doch nun ist es soweit! Der Ball wird ins Spielfeld geworfen, ganz in Leder kommt er jetzt daher gehoppelt, wie ja Leder in dieser Saison überhaupt gern getragen wird, Leder in allen Varianten, als Gummi, als Chiffon, als Tüll ...

Und jetzt kommt auch der Schiedsrichter auf den Platz, im Lodenmantel und weit geschnittener Kapuze, darunter ein moosgrünes Pepitakäppi – nicht umsonst wurde er erst kürzlich zum bestangezogenen Sportsmann des Jahres gewählt. Und nun wirft er – nein, nicht die Münze: Er wirft die Mütze! Und die fällt auf …? Ja, sie fällt auf! Kein Wunder bei den Bommeln!

Alle Texte in diesem Buch sind von Robert Gernhardt, Bernd Eilert und Peter Knorr gemeinsam verfaßt. Lediglich am »medizinischen Examen« und dem »Erntedankspiel« waren nur Gernhardt und Knorr beteiligt.

Inhalt

Der Inselpfarrer 11

Das medizinische Examen 17

Erntedankspiel 25

Schlimmer Wohnen 33

Kalorien 39

Das Wunder des Ärgerns 47

Zu zweit ohne Streit 53

Pokalendspiel 59